SOR JUANA INÉS DE

Sonetos

y vil...

FONDO 2000

Cultura para todos

FONDO DE CULTURA ECONÓMICA
MÉXICO

Tomado de
Obras completas

Primera edición, 1996
Cuarta reimpresión, 2000

D. R. © 1996, FONDO DE CULTURA ECONÓMICA
Carretera Picacho-Ajusco, 227; 14200 México, D. F.
www.fce.com.mx

ISBN 968-16-5047-6

Impreso en México

Comentarios y sugerencias:
correo electrónico: editor@fce.com.mx

AUNQUE LA precisión de su paternidad es aún motivo de polémica, se considera que Sor Juana Inés de la Cruz fue hija natural de doña Isabel Ramírez de Santillana, criolla, y del capitán Pedro Manuel de Asbaje y Vargas Machuca, de origen vascongado. Pasó su infancia al lado de su abuelo materno, en cuya biblioteca sintió nacer su arrolladora curiosidad por el conocimiento de todas las ciencias y su amor a los libros.

Luego de una intensa formación autodidacta, Juana Inés de Asbaje Ramírez ingresó al servicio religioso. Tras 27 años de obediencia a los deberes de la orden, ella misma dejó escrito que durante su vida conventual fructificó su talento y "embelleció su entendimiento al amparo de su extensa biblioteca".

Su literatura barroca, repujanza de arte conceptual, sutil y luminoso, abarca desde los autos sacramentales hasta los ejercicios y las epístolas. Su obra incluye teatro y poesía tanto religiosa como pro-

3

fana. **FONDO 2000** *presenta una selección de sus* Sonetos y villancicos.

El villancico era un género poético de corte popular, con motivos y símbolos de la liturgia cristiana. Versos hechos canto para la festividad patronal, poesía de belenes, del niño Jesús y de su madre divina. Sor Juana escribió sus villancicos en español y en náhuatl, como muestra de que su sensibilidad universal no desdeñaba los colores ni los sentimientos locales.

De los espléndidos sonetos de Sor Juana, Georgina Sabat de Rivers ha escrito que "la poesía de Sor Juana recoge la mejor tradición peninsular y también está impregnada de sabor novohispano. En la alta cultura del medio ambiente en que escribía, era la poeta que mejor dominaba el canon poético de la época, y esto incluye a la poesía que venía de ultramar; sabía de la imitatio y de la superación de los grandes poetas masculinos según se venía practicando pero, como veremos, su imitación no fue nunca servil; los alteraba con una maestría independiente y conocedora, adoptando lo que mejor le convenía a su personalidad y a su sociedad novohispana de letrados grandes y pequeños: el personaje clerical de la gran urbe, el aristócrata de la corte virreinal, el erudito de la ciencia, pero también el mundo medio de aquel momento que sabía componer música y poesía, que escuchaba villancicos en las catedrales, que se encantaba ante las recitaciones de los arcos triunfales y de las fiestas poéticas".

Sonetos

FILOSÓFICO-MORALES

145

*Procura desmentir los elogios que a un
retrato de la Poetisa inscribió la verdad,
que llama pasión.*

ESTE, que ves, engaño colorido,
que del arte ostentando los primores,
con falsos silogismos de colores
es cauteloso engaño del sentido;

    éste, en quien la lisonja ha pretendido
excusar de los años los horrores,
y venciendo del tiempo los rigores
triunfar de la vejez y del olvido,

    es un vano artificio del cuidado,
es una flor al viento delicada,
es un resguardo inútil para el hado:

5

es una necia diligencia errada,
es un afán caduco y, bien mirado,
es cadáver, es polvo, es sombra, es nada.

146

Quéjase de la suerte: insinúa su aversión a los
vicios, y justifica su divertimiento a las Musas.

EN PERSEGUIRME, Mundo, ¿qué interesas?
¿En qué te ofendo, cuando sólo intento
poner bellezas en mi entendimiento
y no mi entendimiento en las bellezas?

    Yo no estimo tesoros ni riquezas;
y así, siempre me causa más contento
poner riquezas en mi pensamiento
que no mi pensamiento en las riquezas.

    Y no estimo hermosura que, vencida,
es despojo civil de las edades,
ni riqueza me agrada fementida,

    teniendo por mejor, en mis verdades,
consumir vanidades de la vida
que consumir la vida en vanidades.

147

En que da moral censura a una rosa
y en ella a sus semejantes.

ROSA divina que en gentil cultura
eres, con tu fragante sutileza,

magisterio purpúreo en la belleza,
enseñanza nevada a la hermosura.

Amago de la humana arquitectura,
ejemplo de la vana gentileza,
en cuyo ser unió naturaleza
la cuna alegre y triste sepultura.

¡Cuán altiva en tu pompa, presumida,
soberbia, el riesgo de morir desdeñas,
y luego desmayada y encogida

de tu caduco ser das mustias señas,
con que con docta muerte y necia vida,
viviendo engañas y muriendo enseñas!

148

*Escoge antes el morir que exponerse
a los ultrajes de la vejez.*

MIRÓ Celia una rosa que en el prado
ostentaba feliz la pompa vana
y con afeites de carmín y grana
bañaba alegre el rostro delicado;

y dijo: —Goza, sin temor del Hado,
el curso breve de tu edad lozana,
pues no podrá la muerte de mañana
quitarte lo que hubieres hoy gozado;

y aunque llega la muerte presurosa
y tu fragante vida se te aleja,
no sientas el morir tan bella y moza:

mira que la experiencia te aconseja
que es fortuna morirte siendo hermosa
y no ver el ultraje de ser vieja.

Encarece de animosidad la elección de estado
durable hasta la muerte.

Si los riesgos del mar considerara,
ninguno se embarcara; si antes viera
bien su peligro, nadie se atreviera
ni al bravo toro osado provocara.
   Si del fogoso bruto ponderara
la furia desbocada en la carrera
el jinete prudente, nunca hubiera
quien con discreta mano lo enfrenara.
   Pero si hubiera alguno tan osado
que, no obstante el peligro, al mismo Apolo
quisiese gobernar con atrevida
   mano el rápido carro en luz bañado,
todo lo hiciera, y no tomara sólo
estado que ha de ser toda la vida.

Muestra sentir que la baldonen por los aplausos
de su habilidad.

¿Tan grande, ¡ay Hado!, mi delito ha sido
que, por castigo de él, o por tormento,
no basta el que adelanta el pensamiento,
sino el que le previenes al oído?
   Tan severo en mi contra has procedido,
que me persuado, de tu duro intento,

a que sólo me diste entendimiento
porque fuese mi daño más crecido.

   Dísteme aplausos, para más baldones;
subir me hiciste, para penas tales;
y aun pienso que me dieron tus traiciones
   penas a mi desdicha desiguales,
porque, viéndome rica de tus dones,
nadie tuviese lástima a mis males.

151

*Sospecha crueldad disimulada, el alivio
que la Esperanza da.*

DIUTURNA enfermedad de la Esperanza,
que así entretienes mis cansados años
y en el fiel de los bienes y los daños
tienes en equilibrio la balanza;
   que siempre suspendida, en la tardanza
de inclinarse, no dejan tus engaños
que lleguen a excederse en los tamaños
la desesperación o confïanza:
   ¿quién te ha quitado el nombre de homicida?
Pues lo eres más severa, si se advierte
que suspendes el alma entretenida;
   y entre la infausta o la felice suerte,
no lo haces tú por conservar la vida
sino por dar más dilatada muerte.

"Verde embeleso"…

VERDE embeleso de la vida humana,
loca Esperanza, frenesí dorado,
sueño de los despiertos intrincado,
como de sueños, de tesoros vana;

alma del mundo, senectud lozana,
decrépito verdor imaginado;
el hoy de los dichosos esperado
y de los desdichados el mañana:

sigan tu sombra en busca de tu día
los que, con verdes vidrios por anteojos,
todo lo ven pintado a su deseo;

que yo, más cuerda en la fortuna mía,
tengo en entrambas manos ambos ojos
y solamente lo que toco veo.

HISTÓRICO-MITOLÓGICOS

153

Engrandece el hecho de Lucrecia.

¡OH FAMOSA Lucrecia, gentil dama,
de cuyo ensangrentado noble pecho
salió la sangre que extinguió, a despecho
del Rey injusto, la lasciva llama!

¡Oh, con cuánta razón el mundo aclama
tu virtud, pues por premio de tal hecho,
aun es para tus sienes cerco estrecho
la amplísima corona de tu Fama!

Pero si el modo de tu fin violento
puedes borrar del tiempo y sus anales,
quita la punta del puñal sangriento

con que pusiste fin a tantos males;
que es mengua de tu honrado sentimiento
decir que te ayudaste de puñales.

154

Nueva alabanza del hecho mismo.

Intenta de Tarquino el artificio
a tu pecho, Lucrecia, dar batalla;
ya amante llora, ya modesto calla,
ya ofrece toda el alma en sacrificio.

Y cuando piensa ya que más propicio
tu pecho a tanto imperio se avasalla,
el premio, como Sísifo, que halla,
es empezar de nuevo el ejercicio.

Arde furioso, y la amorosa tema
crece en la resistencia de tu honra,
con tanta privación más obstinada.

¡Oh providencia de Deidad suprema!
¡Tu honestidad motiva tu deshonra,
y tu deshonra te eterniza honrada!

Admira, con el suceso que refiere, los efectos
imprevenibles de algunos acuerdos.

La HEROICA esposa de Pompeyo altiva,
al ver su vestidura en sangre roja,
con generosa cólera se enoja
de sospecharlo muerto y estar viva.
　　Rinde la vida en que el sosiego estriba
de esposo y padre, y con mortal congoja
la concebida sucesión arroja,
y de la paz con ella a Roma priva.
　　Si el infeliz concepto que tenía
en las entrañas Julia, no abortara,
la muerte de Pompeyo excusaría:
　　¡Oh tirana fortuna, quién pensara
que con el mismo amor que la temía,
con ese mismo amor se la causara!

Contrapone el amor al fuego material, y quiere
achacar remisiones a éste, con ocasión de contar
el suceso de Porcia.

¿Qué PASIÓN, Porcia, qué dolor tan ciego
te obliga a ser de ti fiera homicida?
¿O en qué ofende tu inocente vida,
que así le das batalla, a sangre y fuego?

Si la Fortuna airada al justo ruego
de tu esposo se muestra endurecida,
bástale el mal de ver su acción perdida:
no acabes, con tu vida, su sosiego.

    Deja las brasas, Porcia, que mortales
impaciente tu amor elegir quiere:
no al fuego de tu amor el fuego iguales;

    porque si bien de tu pasión se infiere,
mal morirá a las brasas materiales
quien a las llamas del amor no muere.

157

Refiere con ajuste, y envidia sin él, la tragedia
de Píramo y Tisbe.

DE UN funesto moral la negra sombra,
de horrores mil y confusiones llena,
en cuyo hueco tronco aun hoy resuena
el eco que doliente a Tisbe nombra,

    cubrió la verde matizada alfombra
en que Píramo amante abrió la vena
del corazón, y Tisbe de su pena
dio la señal que aun hoy al mundo asombra.

    Mas viendo del Amor tanto despecho
la Muerte, entonces de ellos lastimada,
sus dos pechos juntó con lazo estrecho.

    ¡Mas ay de la infeliz y desdichada
que a su Píramo dar no puede el pecho
ni aun por los duros filos de una espada!

158

Jocoso, a la Rosa.

SEÑORA Doña Rosa, hermoso amago
de cuantas flores miran Sol y Luna:
¿cómo, si es dama ya, se está en la cuna,
y si es divina, teme humano estrago?

    ¿Cómo, expuesta del cierzo al rigor vago,
teme humilde el desdén de la fortuna,
mendigando alimentos, importuna,
del turbio humor de un cenagoso lago?

    Bien sé que ha de decirme que el respeto
le pierdo con mi mal limada prosa.
Pues a fe que me he visto en harto aprieto;

    y advierta vuesarced, señora Rosa,
que le escribo, no más, este soneto
porque todo poeta aquí se roza.

159-163

*Para los cinco Sonetos Burlescos que se siguen, se
le dieron a la Poetisa los consonantes forzados
de que se componen, en un doméstico solaz.*

I

INÉS, cuando te riñen por *bellaca*,
para disculpas no te falta *achaque*

porque dices que traque y que *barraque;*
con que sabes muy bien tapar la *caca.*

    Si coges la parola; no hay *urraca*
que así la gorja de mal año *saque;*
y con tronidos, más que un *triquitraque,*
a todo el mundo aturdes cual *matraca.*

    Ese bullicio todo lo *trabuca,*
ese embeleso todo lo *embeleca;*
mas aunque eres, Inés, tan mala *cuca,*

    sabe mi amor muy bien lo que se *peca:*
y así con tu afición no se *embabuca,*
aunque eres zancarrón y yo de *Meca.*

II

AUNQUE eres, Teresilla, tan *muchacha,*
le das quehacer al pobre de *Camacho,*
porque dará tu disimulo un *chacho*
a aquel que se pintare más sin *tacha.*

    De los empleos que tu amor *despacha*
anda el triste cargado como un *macho,*
y tiene tan crecido ya el *penacho*
que ya no puede entrar si no se *agacha.*

    Estás a hacerle burlas ya tan *ducha,*
y a salir de ellas bien estás tan *hecha,*
que de lo que tu vientre *desembucha*

    sabes darle a entender, cuando *sospecha,*
que has hecho, por hacer su hacienda *mucha,*
de ajena siembra, suya la *cosecha.*

INÉS, yo con tu amor me *refocilo*,
y viéndome querer me *regodeo;*
en mirar tu hermosura me *recreo*,
y cuando estás celosa me *reguilo.*

   Si a otro miras, de celos me *aniquilo*,
y tiemblo de tu gracia y tu *meneo;*
porque sé, Inés, que tú con un *voleo*
no dejarás humor ni aún para *quilo.*

   Cuando estás enojada no *resuello*,
cuando me das picones me *refino*,
cuando sales de casa no *reposo;*

   y espero, Inés, que entre esto y entre *aquello*,
tu amor, acompañado de mi *vino*,
dé conmigo en la cama o en el *coso.*

VAYA con Dios, Beatriz, el ser *estafa*,
que eso se te conoce hasta en el *tufo;*
mas no es razón que, siendo yo tu *rufo*,
les sirvas a otros gustos de *garrafa.*

   Fíaste en que tu traza es quien te *zafa*
de mi cólera, cuando yo más *bufo;*
pues advierte, Beatriz, que si me *atufo*
te abriré en la cabeza tanta *rafa.*

   ¿Dime si es bien que el otro a ti te *estafe*
y, cuando por tu amor echo yo el *bofe*,
te vayas tú con ese *mequetrefe;*

   y yo me vaya al Rollo o a *Getafe*

y sufra que el picaño de mí *mofe*
en afa, ufo, afe, ofe y *efe?*

V

Aunque presumes, Nise, que soy *tosco*
y que, cual palomilla, me *chamusco,*
yo te aseguro que tu luz no *busco,*
porque ya tus engaños *reconozco.*

Y así, aunque en tus enredos más me *embosco,*
muy poco viene a ser lo que me *ofusco,*
porque si en el color soy algo *fusco*
soy en la condición mucho más *hosco.*

Lo que es de tus picones, no me *rasco;*
antes estoy con ellos ya tan *fresco,*
que te puedo servir de helar un *frasco:*

que a darte nieve sólo me *enternezco;*
y así, Nise, no pienses darme *chasco,*
porque yo sé muy bien lo que me *pesco.*

DE AMOR Y DE DISCRECIÓN

164

*En que satisface un recelo con
la retórica del llanto.*

Esta tarde, mi bien, cuando te hablaba,
como en tu rostro y tus acciones vía

que con palabras no te persuadía,
que el corazón me vieses deseaba;
	y Amor, que mis intentos ayudaba,
venció lo que imposible parecía:
pues entre el llanto, que el dolor vertía,
el corazón deshecho destilaba.

	Baste ya de rigores, mi bien, baste;
no te atormenten más celos tiranos,
ni el vil recelo tu quietud contraste.

	con sombras necias, con indicios vanos,
pues ya en líquido humor viste y tocaste
mi corazón deshecho entre tus manos.

165

Que contiene una fantasía contenta
con amor decente.

Detente, sombra de mi bien esquivo,
imagen del hechizo que más quiero,
bella ilusión por quien alegre muero,
dulce ficción por quien penosa vivo.

	Si al imán de tus gracias, atractivo,
sirve mi pecho de obediente acero,
¿para qué me enamoras lisonjero
si has de burlarme luego fugitivo?

	Mas blasonar no puedes, satisfecho,
de que triunfa de mí tu tiranía:
que aunque dejas burlado el lazo estrecho

	que tu forma fantástica ceñía,
poco importa burlar brazos y pecho
si te labra prisión mi fantasía.

Resuelve la cuestión de cuál sea pesar más
molesto en encontradas correspondencias,
amar o aborrecer.

QUE no me quiera Fabio, al verse amado,
es dolor sin igual en mi sentido;
mas que me quiera Silvio, aborrecido,
es menor mal, mas no menos enfado.

¿Qué sufrimiento no estará cansado
si siempre le resuenan al oído
tras la vana arrogancia de un querido
el cansado gemir de un desdeñado?

Si de Silvio me cansa el rendimiento,
a Fabio canso con estar rendida;
si de éste busco el agradecimiento,

a mí me busca el otro agradecida:
por activa y pasiva es mi tormento,
pues padezco en querer y en ser querida.

Continúa el mismo asunto y aun le expresa con
más viva elegancia.

FELICIANO me adora y le aborrezco;
Lisardo me aborrece y yo le adoro;
por quien no me apetece ingrato, lloro,
y al que me llora tierno, no apetezco.

A quien más me desdora, el alma ofrezco;

a quien me ofrece víctimas, desdoro;
desprecio al que enriquece mi decoro,
y al que le hace desprecios, enriquezco.

    Si con mi ofensa al uno reconvengo,
me reconviene el otro a mí, ofendido;
y a padecer de todos modos vengo,

    pues ambos atormentan mi sentido:
aquéste, con pedir lo que no tengo;
y aquél, con no tener lo que le pido.

168

Prosigue el mismo asunto, y determina que
prevalezca la razón contra el gusto.

AL QUE ingrato me deja, busco amante;
al que amante me sigue, dejo ingrata;
constante adoro a quien mi amor maltrata;
maltrato a quien mi amor busca constante.

    Al que trato de amor, hallo diamante,
y soy diamante al que de amor me trata;
triunfante quiero ver al que me mata,
y mato al que me quiere ver triunfante.

    Si a éste pago, padece mi deseo;
si ruego a aquél, mi pundonor enojo:
de entrambos modos infeliz me veo.

    Pero yo, por mejor partido, escojo
de quien no quiero, ser violento empleo,
que, de quien no me quiere, vil despojo.

Enseña cómo un solo empleo en amar
es razón y conveniencia.

FABIO: en el ser de todos adoradas,
son todas las beldades ambiciosas;
porque tienen las aras por ociosas
si no las ven de víctimas colmadas.

   Y así, si de uno solo son amadas,
viven de la Fortuna querellosas,
porque piensan que más que ser hermosas
constituye deidad el ser rogadas.

   Mas yo soy en aquesto tan medida,
que en viendo a muchos, mi atención zozobra,
y sólo quiero ser correspondida

   de aquel que de mi amor réditos cobra;
porque es la sal del gusto el ser querida:
que daña lo que falta y lo que sobra.

De amor, puesto antes en sujeto indigno,
es enmienda blasonar del arrepentimiento.

CUANDO mi error y tu vileza veo,
contemplo, Silvio, de mi amor errado,
cuán grave es la malicia del pecado,
cuán violenta la fuerza de un deseo.

   A mi mesma memoria apenas creo
que pudiese caber en mi cuidado

la última línea de lo despreciado,
el término final de un mal empleo.
    Yo bien quisiera, cuando llego a verte,
viendo mi infame amor, poder negarlo;
mas luego la razón justa me advierte
    que sólo se remedia en publicarlo:
porque del gran delito de quererte,
sólo es bastante pena confesarlo.

171

Prosigue en su pesar; y dice que aun no quisiera
aborrecer a tan indigno sujeto, por no tenerle así
aún cerca del corazón.

SILVIO, yo te aborrezco, y aun condeno
el que estés de esta suerte en mi sentido:
que infama al hierro el escorpión herido,
y a quien lo huella, mancha inmundo el cieno.
    Eres como el mortífero veneno
que daña a quien lo vierte inadvertido,
y en fin eres tan malo y fementido
que aun para aborrecido no eres bueno.
    Tu aspecto vil a mi memoria ofrezco,
aunque con susto me lo contradice,
por darme yo la pena que merezco:
    pues cuando considero lo que hice,
no sólo a ti, corrida, te aborrezco,
pero a mí por el tiempo que te quise.

De una reflexión cuerda con que mitiga
el dolor de una pasión.

CON EL dolor de la mortal herida,
de un agravio de amor me lamentaba;
y por ver si la muerte se llegaba,
procuraba que fuese más crecida.

Toda en el mal el alma divertida,
pena por pena su dolor sumaba,
y en cada circunstancia ponderaba
que sobraban mil muertes a una vida.

Y cuando, al golpe de uno y otro tiro,
rendido el corazón daba penoso
señas de dar el último suspiro,

no sé con qué destino prodigioso
volví en mi acuerdo y dije: —¿Qué me admiro?
¿Quién en amor ha sido más dichoso?

Efectos muy penosos de amor, y que no por grandes
se igualan con las prendas de quien le causa.

¿VESME, Alcino, que atada a la cadena
de Amor, paso en sus hierros aherrojada
mísera esclavitud, desesperada
de libertad, y de consuelo ajena?

¿Ves de dolor y angustia el alma llena,
de tan fieros tormentos lastimada,

y entre las vivas llamas abrasada
juzgarse por indigna de su pena?
     ¿Vesme seguir sin alma un desatino
que yo misma condeno por extraño?
¿Vesme derramar sangre en el camino,
     siguiendo los vestigios de un engaño?
¿Muy admirado estás? ¿Pues ves, Alcino?
Más merece la causa de mi daño.

174

Aunque en vano, quiere reducir a método
racional el pesar de un celoso.

¿QUÉ ES esto, Alcino? ¿Cómo tu cordura
se deja así vencer de un mal celoso,
haciendo con extremos de furioso
demostraciones más que de locura?
     ¿En qué te ofendió Celia, si se apura?
¿O por qué al Amor culpas de engañoso,
si no aseguró nunca poderoso
la eterna posesión de su hermosura?
     La posesión de cosas temporales,
temporal es, Alcino, y es abuso
el querer conservarlas siempre iguales.
     Con que tu error o tu ignorancia acuso,
pues Fortuna y Amor, de cosas tales
la propiedad no han dado, sino el uso.

*Sólo con aguda ingeniosidad esfuerza
el dictamen de que sea la ausencia mayor mal
que los celos.*

EL AUSENTE, el celoso, se provoca,
aquél con sentimiento, éste con ira;
presume éste la ofensa que no mira,
y siente aquél la realidad que toca.

    Éste templa, tal vez, su furia loca,
cuando el discurso en su favor delira;
y sin intermisión aquél suspira,
pues nada a su dolor la fuerza apoca.

    Éste aflige dudoso su paciencia,
y aquél padece ciertos sus desvelos;
éste al dolor opone resistencia,

    aquél, sin ella, sufre desconsuelos;
y si es pena de daño, al fin, la ausencia,
luego es mayor tormento que los celos.

Que da medio para amar sin mucha pena.

YO NO puedo tenerte ni dejarte,
ni sé por qué, al dejarte o al tenerte,
se encuentra un no sé qué para quererte
y muchos sí sé qué para olvidarte.

    Pues ni quieres dejarme ni enmendarte,
yo templaré mi corazón de suerte

que la mitad se incline a aborrecerte
aunque la otra mitad se incline a amarte.
    Si ello es fuerza querernos, haya modo,
que es morir el estar siempre riñendo:
no se hable más en celo y en sospecha,
    y quien da la mitad, no quiera el todo;
y cuando me la estás allá haciendo,
sabe que estoy haciendo la deshecha.

177

Discurre inevitable el llanto a vista de quien ama.

MANDAS, Anarda, que sin llanto asista
a ver tus ojos; de lo cual sospecho
que el ignorar la causa, es quien te ha hecho
querer que emprenda yo tanta conquista.
    Amor, señora, sin que me resista,
que tiene en fuego el corazón deshecho,
como hace hervir la sangre allá en el pecho,
vaporiza en ardores por la vista.
    Buscan luego mis ojos tu presencia
que centro juzgan de su dulce encanto;
y cuando mi atención te reverencia,
    los visüales rayos, entretanto,
como hallan en tu nieve resistencia,
lo que salió vapor, se vuelve llanto.

*Un celoso refiere el común pesar que todos
padecen, y advierte a la causa el fin que puede
tener la lucha de afectos encontrados.*

Yo NO dudo, Lisarda, que te quiero,
aunque sé que me tienes agraviado;
mas estoy tan amante y tan airado,
que afectos que distingo no prefiero.

    De ver que odio y amor te tengo, infiero
que ninguno estar puede en sumo grado,
pues no le puede el odio haber ganado
sin haberle perdido amor primero.

    Y si piensas que el alma que te quiso
ha de estar siempre a tu afición ligada,
de tu satisfacción vana te aviso:

    pues si el amor al odio ha dado entrada,
el que bajó de sumo a ser remiso,
de lo remiso pasará a ser nada.

Que explica la más sublime calidad de amor.

Yo ADORO a Lysi, pero no pretendo
que Lysi corresponda mi fineza;
pues si juzgo posible su belleza,
a su decoro y mi aprehensión ofendo.

    No emprender, solamente, es lo que emprendo:
pues sé que a merecer tanta grandeza

ningún mérito basta, y es simpleza
obrar contra lo mismo que yo entiendo.
    Como cosa concibo tan sagrada
su beldad, que no quiere mi osadía
a la esperanza dar ni aun leve entrada:
    pues cediendo a la suya mi alegría,
por no llegarla a ver mal empleada,
aun pienso que sintiera verla mía.

180

No quiere pasar por olvido lo descuidado.

Dices que yo te olvido, Celio, *y mientes*
en decir que me acuerdo *de olvidarte,*
pues no hay en mi memoria *alguna parte*
en que, aun como olvidado, te *presentes.*
    Mis pensamientos son tan *diferentes*
y en todo tan ajenos de *tratarte,*
que ni saben si pueden *agraviarte,*
ni, si te olvidan, saben si lo *sientes.*
    Si tú fueras *capaz de ser querido,*
fueras capaz de olvido; y ya era *gloria,*
al menos, la potencia de haber *sido.*
    Mas tan lejos estás de esa *victoria,*
que aqueste no acordarme no es *olvido*
sino una negación de la *memoria.*

Sin perder los mismos consonantes, contradice
con la verdad, aún más ingeniosa, su hipérbole.

DICES que no te acuerdas, Clori, *y mientes*
en decir que te olvidas de *olvidarte,*
pues das ya en tu memoria *alguna parte*
en que, por olvidado, me *presentes.*
   Si son tus pensamientos *diferentes*
de los de Albiro, dejarás *tratarte,*
pues tú misma pretendes *agraviarte*
con querer persuadir lo que no *sientes.*
   Niégasme ser *capaz de ser querido,*
y tú misma concedes esa *gloria:*
con que en tu contra tu argumento ha *sido;*
   pues si para alcanzar tanta *victoria*
te acuerdas de olvidarte del *olvido,*
ya no das negación en tu *memoria.*

181 bis

Que escribió un curioso a la Madre Juana
para que le respondiese.

EN PENSAR que me quieres, Clori, he *dado,*
por lo mismo que yo no te *quisiera;*
porque sólo quien no me *conociera,*
me pudiera a mí, Clori, haber *amado.*
   En tú no conocerme, *desdichado*
por sólo esta carencia de antes *fuera;*

mas como yo saberlo no *pudiera,*
tuviera menos mal en lo *ignorado.*
   Me conoces, o no me has *conocido:*
si me conoces, suplirás mis *males.*
Si aquello, negaráste a lo *entendido;*
   si aquesto, quedaremos *desiguales.*
Pues ¿cómo me aseguras lo *querido,*
mi Clori, en dos de Amor carencias *tales?*

182

*Que respondió la Madre Juana en los mismos
consonantes.*

No ES sólo por antojo el haber *dado*
en quererte, mi bien: pues no *pudiera*
alguno que tus prendas *conociera,*
negarte que mereces ser *amado.*
   Y si mi entendimiento *desdichado*
tan incapaz de conocerte *fuera,*
de tan grosero error aun no *pudiera*
hallar disculpa en todo lo *ignorado.*
   Aquella que te hubiere *conocido,*
o te ha de amar, o confesar los *males*
que padece su ingenio en lo *entendido,*
   juntando dos extremos *desiguales:*
con que ha de confesar que eres *querido,*
para no dar improporciones *tales.*

Para explicar la causa a la rebeldía, o ya sea
firmeza, de un cuidado, se vale de la opinión que
atribuye a la perfección de su forma lo
incorruptible en la materia de los Cielos. Usa
cuidadosamente términos de Escuelas.

PROBABLE opinión es que, conservarse
la forma celestial en su fijeza,
no es porque en la materia hay más firmeza
sino por la manera de informarse.
　　Porque aquel apetito de mudarse,
lo sacia de la forma la nobleza;
con que, cesando el apetito, cesa
la ocasión que tuvieran de apartarse.
　　Así tu amor, con vínculo terrible,
el alma que te adora, Celia, informa;
con que su corrupción es imposible,
　　ni educir otra con quien no conforma,
no por ser la materia incorruptible,
mas por lo inamisible de la forma.

Que consuela a un celoso, epilogando
la serie de los amores.

AMOR empieza por desasosiego,
solicitud, ardores y desvelos;

crece con riesgos, lances y recelos,
susténtase de llantos y de ruego.

Doctrínanle tibiezas y despego,
conserva el ser entre engañosos velos,
hasta que con agravios o con celos
apaga con sus lágrimas su fuego.

Su principio, su medio y fin es éste;
pues ¿por qué, Alcino, sientes el desvío
de Celia que otro tiempo bien te quiso?

¿Qué razón hay de que dolor te cueste,
pues no te engañó Amor, Alcino mío,
sino que llegó el término preciso?

HOMENAJES DE CORTE, AMISTAD O LETRAS

185

A la muerte del Señor Rey Felipe IV.

¡OH CUÁN frágil se muestra el ser humano
en los últimos términos fatales,
donde sirven aromas Orientales
de culto inútil, de resguardo vano!

Sólo a ti respetó el poder tirano,
¡oh gran Filipo!, pues con las señales
què ha mostrado que todos son mortales,
te ha acreditado a ti de Soberano.

Conoces ser de tierra fabricado
este cuerpo, y que está con mortal guerra
el bien del alma en él aprisionado;

y así, subiendo al bien que el Cielo encierra,
que en la tierra no cabes has probado,
pues aun tu cuerpo dejas porque es tierra.

186

Convaleciente de una enfermedad grave, discretea
con la Señora Virreina, Marquesa de Mancera,
atribuyendo a su mucho amor
aun su mejoría en morir.

EN LA vida que siempre tuya fue,
Laura divina, y siempre lo será,
la Parca fiera, que en seguirme da,
quiso asentar por triunfo el mortal pie.
   Yo de su atrevimiento me admiré:
que si debajo de su imperio está,
tener poder no puede en ella ya,
pues del suyo contigo me libré.
   Para cortar el hilo que no hiló,
la tijera mortal abierta vi.
¡Ay, Parca fiera!, dije entonces yo;
   mira que sola Laura manda aquí.
Ella, corrida, al punto se apartó,
y dejóme morir sólo por ti.

En la muerte de la Excelentísima Señora Marquesa de Mancera.

I

DE LA beldad de Laura enamorados
los Cielos, la robaron a su altura,
porque no era decente a su luz pura
ilustrar estos valles desdichados;
    o porque los mortales, engañados
de su cuerpo en la hermosa arquitectura,
admirados de ver tanta hermosura
no se juzgasen bienaventurados.
    Nació donde el Oriente el rojo velo
corre al nacer al Astro rubicundo,
y murió donde, con ardiente anhelo,
    da sepulcro a su luz el mar profundo:
que fue preciso a su divino vuelo
que diese como el Sol la vuelta al mundo.

II

BELLO compuesto en Laura dividido,
alma inmortal, espíritu glorioso,
¿por qué dejaste cuerpo tan hermoso
y para qué tal alma has despedido?
    Pero ya ha penetrado mi sentido
que sufres el divorcio riguroso,

porque el día final puedas gozoso
volver a ser eternamente unido.

    Alza tú, alma dichosa, el presto vuelo
y, de tu hermosa cárcel desatada,
dejando vuelto su arrebol en hielo,

    sube a ser de luceros coronada:
que bien es necesario todo el Cielo
para que no eches menos tu morada.

III

MUERAN contigo, Laura, pues moriste,
los afectos que en vano te desean,
los ojos a quien privas de que vean
hermosa luz que un tiempo concediste.

    Muera mi lira infausta en que influiste
ecos, que lamentables te vocean,
y hasta estos rasgos mal formados sean
lágrimas negras de mi pluma triste.

    Muévase a compasión la misma Muerte
que, precisa, no pudo perdonarte;
y lamente el Amor su amarga suerte,

    pues si antes, ambicioso de gozarte,
deseó tener ojos para verte,
ya le sirvieran sólo de llorarte.

A la muerte del Excelentísimo Señor Duque
de Veraguas.

I

¿VES, caminante? En esta triste pira
la potencia de Jove está postrada;
aquí Marte rindió la fuerte espada,
aquí Apolo rompió la dulce lira.
   Aquí Minerva triste se retira;
y la luz de los Astros, eclipsada
toda está en la ceniza venerada
del excelso Colón, que aquí se mira.
   Tanto pudo la fama encarecerlo
y tanto las noticias sublimarlo,
que sin haber llegado a conocerlo
   llegó con tanto extremo el Reino a amarlo,
que muchos ojos no pudieron verlo,
mas ningunos pudieron no llorarlo.

II

MORISTE, Duque excelso; en fin moriste,
Sol de Veraguas claro y refulgente,
que apenas ilustrabas el Oriente
cuando en fatal Ocaso te pusiste.
   ¡Tú que por tantas veces te ceñiste
el desdén vencedor del Sol ardiente,
apareciste exhalación luciente,
llegaste aplauso, ejemplo feneciste!

Moriste, en fin; pero mostraste, osado,
el valor de tu pecho no vencido,
de la propia Nación tan venerado,
    de las contrarias armas tan temido.
Moriste de improviso, que aun el Hado
no osara acometerte prevenido.

III

DETÉN el paso, caminante. Advierte
que aun esta losa guarda enternecida,
con triunfos de su diestra no vencida,
al Capitán más valeroso y fuerte:
    al Duque de Veragua —¡oh triste suerte!—
que nos dio en su noticia esclarecida,
en relación, los bienes de su vida,
y en posesión, los males de su muerte.
    No es muerto el Duque, aunque su cuerpo abrace
la losa que piadosa lo recibe:
pues porque a su vivir el curso enlace,
    aunque el mármol su muerte sobrescribe,
en las piedras verás el *Aquí yace;*
mas en los corazones, *Aquí vive.*

193

Norabuena de cumplir años el Señor Virrey
Marqués de la Laguna.

VUESTRA edad, gran Señor, en tanto exceda
a la capacidad que abraza el cero,

que la combinatoria de Kirkero
multiplicar su cantidad no pueda.

   Del giro hermoso la luciente rueda
que el uno trastornó y otro Lucero,
y que el fin fue del círculo primero,
principio dé feliz al que suceda.

   Vivid: porque, entre propios y entre extraños,
de mi plectro las claras armonías
celebren vuestros hechos sin engaños;

   y uniendo duraciones a alegrías,
a las glorias compitan vuestros años
y las glorias excedan a los días.

194

*Llegaron luego a Méjico, con el hecho piadoso, las
aclamaciones poéticas de Madrid a Su Majestad,
que alaba la Poetisa por más superior modo.*

ALTÍSIMO Señor, Monarca Hispano,
   que a Dios, entre accidentes escondido,
   cuando queréis mostraros más rendido,
   es cuando os ostentáis más Soberano:

      aquesa acción, Señor, que al luterano
   asombró en Carlos Quinto esclarecido;
   y ésa, por quien el gran Rodulfo vido
   del mundo el cetro en su piadosa mano;

      aunque aplaudida en el Hispano suelo
   ha sido con católica alegría,
   no causa admiración a mi desvelo:

      quede admirado aquel que desconfía,

y de vuestra piedad, virtud y celo.
esa y más Religión no suponía.

195

A la Excma. Sra. Condesa de Paredes,
Marquesa de la Laguna,
enviándole estos papeles que Su Excia. le pidió y
que pudo recoger Soror Juana de muchas manos.
en que estaban no menos divididos que
escondidos, como Tesoro, con otros que no cupo
en el tiempo buscarlos ni copiarlos.

EL HIJO que la esclava ha concebido,
dice el Derecho que le pertenece
al legítimo dueño que obedece
la esclava madre, de quien es nacido.

El que retorna el campo agradecido,
opimo fruto, que obediente ofrece,
es del señor, pues si fecundo crece,
se lo debe al cultivo recibido.

Así, Lysi divina, estos borrones
que hijos del alma son, partos del pecho,
será razón que a ti te restituya;

y no lo impidan sus imperfecciones,
pues vienen a ser tuyos de derecho
los conceptos de una alma que es tan tuya.

Ama y Señora mía, besa los pies
de V. Excia., su criada

JUANA INÉS DE LA CRUZ.

*En que celebra la Poetisa el cumplimiento
de años de un Hermano suyo.*

¡Oh QUIÉN, amado Anfriso, te ciñera
del Mundo las coronas poderosas!
Que a coronar tus prendas generosas
el círculo del Orbe corto fuera.

 ¡Quién, para eternizarte, hacer supiera
mágicas confecciones prodigiosas,
o tuviera las yerbas milagrosas
que feliz gustó Glauco en la ribera!

 Mas aunque no halla medio mi cuidado
para que goces de inmortal la palma,
otro más propio mi cariño ha hallado

 que el curso de tu vida tenga en calma:
pues juzgo que es el más proporcionado
de alargar una vida, dar un alma.

*Habiendo muerto un toro el caballo
a un Caballero toreador.*

EL QUE Hipogrifo de mejor Rugero,
Ave de Ganimedes más hermoso,
Pegaso de Perseo más airoso,
de más dulce Arión, Delfín ligero
 fue, ya sin vida yace al golpe fiero
de transformado Jove, que celoso

los rayos disimula, belicoso,
sólo en un semicírculo de acero.

    Rindió el fogoso postrimero aliento
el veloz bruto, a impulso soberano;
pero de su dolor, que tuvo, siento,
    más de afectivo y menos de inhumano:
pues fue de vergonzoso sentimiento
de ser bruto, rigiéndole tal mano.

198

Alaba, con especial acierto,
el de un Músico primoroso.

DULCE deidad del viento armonïosa,
suspensión del sentido deseada,
donde gustosamente aprisionada
se mira la atención más bulliciosa:
    perdona a mi zampoña licenciosa,
si, al escuchar tu lira delicada,
canta con ruda voz desentonada
prodigios de la tuya milagrosa.

    Pause su lira el Tracio: que, aunque calma
puso a las negras sombras del olvido,
cederte debe más gloriosa palma;
    pues más que a ciencia el arte has reducido,
haciendo suspensión de toda un alma
el que sólo era objeto de un sentido.

Que celebra a un graduado de Doctor.

Vista tus hombros el verdor lozano,
Joven, con que tu ciencia te laurea;
y puesto en ellos, dignamente, sea
índice de tus méritos ufano.

Corone tu discurso soberano
la que blanda tus sientes lisonjea
insignia literaria, en quien se emplea
el flamante sepulcro de un gusano.

¡Oh qué enseñanza llevan escondida
honrosos los halagos de tu suerte,
donde despierta la atención dormida!

Pues ese verde honor, si bien se advierte,
mientras más brinda gustos a la vida,
más ofrece recuerdos a la muerte.

*Acróstico que escribió la Madre Juana
a su Maestro, el Br. Martín de Olivas.*

M áquinas primas de su ingenio agudo
A Arquímedes, artífice famoso,
R aro renombre dieron de ingenioso:
¡T anto el afán y tanto el arte pudo!

I nvención rara, que en el mármol rudo
N o sin arte grabó, maravilloso,
D e su mano, su nombre prodigioso,

E ntretejido en flores el escudo.
    ¡*O* h! Así permita el Cielo que se entregue
L ince tal mi atención en imitarte,
I en el mar de la Ciencia así se anegue
    V ajel, que —al discurrir por alcanzarte——.
A lcance que el que a ver la hechura llegue,
S epa tu nombre del primor del Arte.

201

Alaba en el Padre Baltasar de Mansilla,
de la Compañía de Jesús, gran predicador
y confesor de la Señora Virreina,
tanta sabiduría como modestia.

Docto Mansilla, no para aplaudirte
ponderaciones buscaré del arte
retórica, que fuera limitarte
querer entre sus cláusulas ceñirte.

    Sólo es mi intento, cuando llego a oírte,
alabarte con sólo no alabarte;
pues quien mejor llegare a ponderarte
será el que no intentare definirte.

    Aun en tu mismo juicio tú no cabes;
ni de tu ingenio las riquezas raras
pudieras, del discurso con los graves
    reflejos, conocer si lo intentaras:
porque si tú supieras lo que sabes,
mucho de lo que sabes ignoraras.

"De Doña Juana Inés de Asbaje, glorioso honor
del Mejicano Museo", al Pbro. Br. D. Diego
de Ribera, cantor de la Dedicación de la Catedral.

SUSPENDE, cantor Cisne, el dulce acento:
mira, por ti, al Señor que Delfos mira,
en zampoña trocar la dulce lira
y hacer a Admeto pastoril concento.
    Cuanto canto süave, si violento,
piedras movió, rindió la infernal ira,
corrido de escucharte, se retira;
y al mismo Templo agravia tu instrumento.
    Que aunque no llega a sus columnas cuanto
edificó la antigua Arquitectura,
cuando tu clara voz sus piedras toca,
    nada se vio mayor sino tu canto;
y así como lo excede tu dulzura,
mientras más lo agrandece, más lo apoca.

Al Pbro. Br. D. Diego de Ribera, cantor
de las obras del Arzobispo Virrey Don Fray Payo
Enríquez de Ribera.

¿QUÉ IMPORTA al Pastor Sacro, que a la llama
de su obrar negar quiera la victoria,
si, cuando más apaga tanta gloria,
la misma luz a los recuerdos llama?

¿Si en cada mármol mudamente clama
de sus blasones indeleble historia,
porque sirva de letra a su memoria
lo que de piedra al templo de su Fama?
    A la sagrada cifra, que venera
el discurso en las piedras, comedido,
y en duración eterna persevera,
    exenta y libre del oscuro olvido,
alabarte podrás, culta *Ribera,*
que solo le construyes el sentido.

204

*Al Pbro. Lic. D. Carlos de Sigüenza y Góngora,
frente a su "Panegírico" de los Marqueses
de la Laguna.*

DULCE, canoro Cisne Mexicano
cuya voz si el Estigio lago oyera,
segunda vez a Eurídice te diera,
y segunda el Delfín te fuera humano;
    a quien si el Teucro muro, si el Tebano,
el ser en dulces cláusulas debiera,
ni a aquél el Griego incendio consumiera,
ni a éste postrara Alejandrina mano:
    no el sacro numen con mi voz ofendo,
ni al que pulsa divino plectro de oro
agreste avena concordar pretendo;
    pues por no profanar tanto decoro,
mi entendimiento admira lo que entiendo
y mi fe reverencia lo que ignoro.

*Aplaude la ciencia astronómica del Padre
Eusebio Francisco Kino, de la Compañía de Jesús,
que escribió del Cometa que el año de ochenta
apareció, absolviéndole de ominoso.*

Aunque es clara del Cielo la luz pura,
clara la Luna y claras las Estrellas,
y claras las efímeras centellas
que el aire eleva y el incendio apura;
    aunque es el rayo claro, cuya dura
producción cuesta al viento mil querellas,
y el relámpago que hizo de sus huellas
medrosa luz en la tiniebla obscura;
    todo el conocimiento torpe humano
se estuvo obscuro sin que las mortales
plumas pudiesen ser, con vuelo ufano,
    Ícaros de discursos racionales,
hasta que el tuyo, Eusebio soberano,
les dio luz a las Luces celestiales.

206

*Alaba el numen poético del Padre Francisco
de Castro, de la Compañía de Jesús, en un Poema
heroico en que describe la Aparición milagrosa
de Nuestra Señora de Guadalupe de Méjico,
que pide la luz pública.*

LA COMPUESTA de flores Maravilla,
divina Protectora Americana,
que a ser se pasa Rosa Mejicana,
apareciendo Rosa de Castilla;
    la que en vez del dragón —de quien humilla
cerviz rebelde en Patmos—, huella ufana,
hasta aquí Inteligencia soberana,
de su pura grandeza pura silla;
    ya el Cielo, que la copia misterioso,
segunda vez sus señas celestiales
en guarismos de flores claro suma:
    pues no menos le dan traslado hermoso
las flores de tus versos sin iguales,
la maravilla de tu culta pluma.

A la sentencia que contra Cristo dio Pilatos;
y aconseja a los jueces que, antes de firmar,
fiscalicen sus propios motivos.

FIRMA Pilatos la que juzga ajena
sentencia, y es la suya. ¡Oh caso fuerte!
¿Quién creerá que, firmando ajena muerte,
el mismo juez en ella se condena?
　　La ambición, de sí tanto lo enajena,
que con el vil temor, ciego, no advierte
que carga sobre sí la infausta suerte
quien al Justo sentencia a injusta pena.
　　¡Jueces del mundo, detened la mano!
¡Aún no firméis! Mirad si son violencias
las que os pueden mover, de odio inhumano.
　　Examinad primero las conciencias:
¡mirad no haga el Juez recto y soberano
que, en la ajena, firméis vuestras sentencias!

208

A una Pintura de Nuestra Señora,
de muy excelente pincel.

SI UN pincel, aunque grande, al fin humano,
pudo hacer tan bellísima Pintura,
que aun vista perspicaz en vano apura
tus luces —o admirada, si no en vano—:
　　el Autor de tu Alma soberano,

proporcionado campo a más hechura,
¿qué gracia pintaría, qué hermosura,
el Lienzo más capaz, mejor la Mano?

¿Si estará ya en la Esfera luminoso
el pincel, de Lucero gradüado,
porque te amaneció, Divina Aurora?

¡Y cómo que lo está! Pero, quejoso,
dice que ni aun la costa le han pagado:
que gastó en ti más luz que tiene ahora.

209

*A Señor San José, escrito según el Asunto de un
Certamen que pedía las metáforas que contiene.*

NACE de la escarchada fresca rosa
dulce abeja, y apenas aparece,
cuando a su regio natalicio ofrece
tutela verde, palma victoriosa.

Así Rosa, María, más hermosa,
concibe a Dios, y el vientre apenas crece,
cuando es, de la sospecha que padece,
el Espíritu Santo Palma umbrosa.

Pero cuando el tirano, por prenderlo,
tanta inocente turba herir pretende,
sólo Vos, ¡oh José!, vais a esconderlo:

para que en Vos admire, quien lo entiende,
que Vos bastáis del mundo a defenderlo,
y que de Vos, Dios solo le defiende.

*Al retardarse San Juan de Sahagún en consumir
la Hostia Consagrada, por aparecérsele
en ella Cristo visiblemente.*

¿QUIÉN, que regale visto y no comido,
el León, ya panal, imaginara?
¿Quién, que dulzura tanta se estorbara
lo muy sabroso, por lo muy florido?

¡Oh Juan, come y no mires, que a un sentido
le das celos con otro! ¿Y quién pensara
que al Fruto de la Vida le quitara
lo hermoso, la razón de apetecido?

Manjar de niños es el Sacramento,
y Dios, a ojos cerrados, nos provoca
a merecer, comiendo, su alimento.

Sólo a San Juan, que con la vista toca
a Cristo en él, fue más merecimiento
abrir los ojos y cerrar la boca.

Villancicos

ASUNCIÓN, 1676

*Villancicos que se cantaron en la Santa
Iglesia Metropolitana de Méjico, en honor
de María Santísima Madre de Dios, en su
Asunción Triunfante, año de 1676, en
que se imprimieron.*

VILLANCICO V

AQUELLA Zagala
del mirar sereno,
hechizo del soto
y envidia del Cielo:
    la que al Mayoral
de la cumbre, excelso,
hirió con un ojo,
prendió en un cabello:
a quien su Querido
le fue mirra un tiempo,

dándole morada
sus cándidos pechos:
    la que en rico adorno
tiene, por aseo,
cedrina la casa
y florido el lecho:
    la que se alababa
que el color moreno
se lo iluminaron
los rayos Febeos:
    la por quien su Esposo
con galán desvelo
pasaba los valles,
saltaba los cerros:
    la del hablar dulce,
cuyos labios bellos
destilan panales,
leche y miel vertiendo:
    la que preguntaba
con amante anhelo
dónde de su Esposo
pacen los corderos:
    a quien su Querido,
liberal y tierno,
del Líbano llama
con dulces requiebros,
    por gozar los brazos
de su amante Dueño,
trueca el valle humilde
por el Monte excelso.

Los pastores sacros
del Olimpo eterno,
la gala le cantan
con dulces acentos;
pero los del valle,
su fuga siguiendo
dicen presurosos
en confusos ecos:

Estribillo

¡Al Monte, al Monte, a la Cumbre
corred, volad, Zagales,
que se nos va María por los aires!
¡Corred, corred, volad aprisa, aprisa,
que nos lleva robadas las almas y las vidas,
y llevando en sí misma nuestra riqueza,
nos deja sin tesoros el Aldea!

VILLANCICO VI. — JÁCARA

Estribillo

¡APARTEN! ¿Cómo, a quién digo?
¡Fuera, fuera! ¡Plaza, plaza,
que va la Jacarandina
como que *No, sino al Alba!*
— ¡Vaya de jacaranda, vaya, vaya,
que si corre María con leves plantas,
un corrido es lo mismo que una jácara!

53

¡Allá va, fuera, que sale
la Valiente de aventuras,
Deshacedora de tuertos,
Destrozadora de injurias!
    Lleva de rayos del Sol
resplandeciente armadura,
de las Estrellas el yelmo,
los botines de la Luna;
    y en un escudo luciente
con que al Infierno deslumbra,
un monte con letras de oro
en que dice: *Tota Pulchra*.
    La celebrada de hermosa
y temida por sañuda,
Bradamante en valentía,
Angélica en hermosura;
    La que si desprende al aire
la siempre madeja rubia,
tantos Roldanes la cercan
cuantos cabellos la inundan;
    La que deshizo el encanto
de aquella Serpiente astuta,
que con un conjuro a todos
nos puso servil coyunda;
    La que venga los agravios,
y anula leyes injustas,
asilo de los pupilos,
y amparo de las vïudas;
    La que libertó los presos

de la Cárcel donde nunca,
a no intervenir su aliento,
esperan la soltura;
    La de quien tiembla el Infierno
si su nombre se pronuncia,
y dicen que las vigilias
los mismos Reyes le ayunan;
    La que nos parió un León
con cuya rugiente furia
al Dragón encantador
puso en vergonzosa fuga;
    la más bizarra Guerrera
que, entre la alentada turba,
sirviendo al Imperio sacro
mereció corona augusta;
    la Paladina famosa
que con esfuerzo e industria
conquistó la Tierra Santa,
donde para siempre triunfa:
    Ésta, pues, que a puntapiés
no hay demonio que la sufra,
pues en mirando sus plantas,
le vuelve las herraduras,
    coronada de blasones
y de hazañas que la ilustran,
por no caber ya en la tierra,
del mundo se nos afufa,
    y Andante de las Esferas,
en una nueva aventura,
halla el Tesoro Escondido
que tantos andantes buscan,

donde, con cierta virtud
que la favorece oculta,
de vivir eternamente
tiene manera segura.

　　¡Vaya muy en hora buena,
que será cosa muy justa,
que no muera como todas
quien vivió como ninguna!

CONCEPCIÓN, 1676

*Villancicos que se cantaron en la S. I.
Metropolitana de Méjico en los maitines de la
Purísima Concepción de Nuestra Señora,
año de 1676, en que se imprimieron.*

VILLANCICO I

Estribillo

¡A LA fiesta del Cielo! Las voces claras
una Reina celebran, Pura y sin falta.
¡Vengan, vengan,
a celebrarla por su buena estrella!
No se detengan, ¡vayan!,
que en su Concepción está para gracias.

Con mucha gracia María,
siendo del género humano,
una Concepción estrena
tan nueva, que no ha pecado.

    Allá en la Mente Divina
su puro esplendor intacto,
sin necesidad de absuelto,
fue éste un caso reservado.

    Corriendo por todo el mundo
la culpa, estuvo el milagro
que macular no pudiese
a su Ser Inmaculado.

    Astuto y desvanecido,
a sus plantas arrojado,
su honor puro a Lucifer
se le fue entonces por alto.

    Corrientemente atrevido,
por la hija de Adán, el Diablo
se la había jurado, puesto
que echó por tantos y cuantos.

    Pero como no podía
en su Concepción tragarlo,
contra el bocado se estuvo
de Adán, sin probar bocado.

VILLANCICO II

Estribillo

¡A la Concepción, a la Concepción!
No se detengan, que la fiesta es hoy.
¡Vayan, vayan,
que la Reina tiene harta gracia!
¡Lleguen, lleguen,
porque su fiesta es fiesta solemne!

Redondillas

Hoy con festiva alegría,
de virtud y gracia llena,
en su Concepción estrena
un Templo de Dios, María.

Venciendo al fiero Dragón
que a sus pies holló triunfante,
este milagro al instante
sucedió en *la Concepción*.

Victoriosa y sin desgracia,
como se deja entender,
fue el caso muy para ver
en *Santa María de Gracia*.

Si es Puerta en quien se hallará
franca la entrada del Cielo,
lo festivo de este anhelo
en *Porta-Caeli* será.

Contra el Dragón y sus redes,
en alta contemplación

cogen por la Concepción
los que hoy van a *las Mercedes*.
En sus aplausos divina,
después de tan gran batalla,
hoy, cuando contenta se halla,
es la fiesta de *Regina*.

VILLANCICO III. — DIÁLOGO

—¿QUIÉN es aquella Azucena
que pura entre todas brilla?
—Es, aunque Azucena sea,
de Dios una Maravilla.

 —En su Concepción sin mancha
¿tuvo asomos de cautiva?
—Muy libre se concibió,
y fue en un Ave María.

 —¿Pudo caer en la culpa
de Adán, de quien ella es hija?
—La cabeza *se estrelló*
sin haber dado caída.

 —¿Con su pureza, el Demonio
tuvo alguna demasía?
—Aunque se precia de bravo,
jamás le echó la maldita.

 —Porque campa de tremendo
¿su estrago la atemoriza?
—Puesta sobre su cabeza,
de él se le da lo que pisa.

—¿Quién es aquella Reina de tierra y Cielo?
—Es el Ave de gracia, por Dios eterno,
concebida sin mancha,
que está para glorias, que está para gracias,
y en un Instante
la libró Dios de culpa, para ser su Madre.

VILLANCICO V

Coplas

ENTRE la antigua Cizaña
que el Enemigo del hombre
puso en el jardín del mundo
para marchitar sus flores,
el Horteláno Divino,
por ostentar sus primores,
en el más estéril cuadro
plantó la Rosa más noble.

De corrupción y de espinas
goza regias exenciones,
fragante Reina de tanta
república de colores.

A influjos del Sol se engendra,
porque su Criador dispone
que, aunque de la tierra nace,
nada de la tierra toque.

Y porque saliendo al prado

por maravilla del Orbe,
luces por hojas despliegue,
brille rayos por candores,
    tan limpia, en fin, se concibe,
tan fuera del común orden,
que Naturaleza misma,
en Ella, se desconoce.

Estribillo

¡Al jardín, Hortelanos,
al campo, Labradores,
y veréis en el campo, y entre las flores,
una Rosa sin recelo
de que la marchite el hielo
ni la abrasen los ardores!
    Sin espinas de pecado
veréis que preside al prado,
sin mancilla,
tan hermosa,
que siendo del Cielo Rosa,
es del prado Maravilla.

VILLANCICO VI. — JÁCARA

Estribillo

¡OIGAN, miren, atiendan
lo que se canta,
que hoy la Música viene
de mucha gracia!

Pero hablando de veras
y en puridad,
en breve ha de decirles
una verdad.

Coplas

Antes que todas las cosas
érase una hermosa Niña
de los ojos del Criador,
graciosamente prevista.

Que habiendo de ser de un Dios
Humanado, Madre digna,
fue razón que ni un instante
se apartase de su vista.

Para ser de los Mortales
la defensa, fue escogida,
siendo la pura Azucena
de la hoja blanca y limpia.

Contra la Serpiente astuta
que ocasionó la rüina
de todo el género humano,
siempre estuvo prevenida;

siempre armada y vigilante;
y tanto, que al embestirla,
con linda gracia le dio
en la cabeza una herida.

Jamás pudo ni aun tocarla
la Sierpe; y así, corrida,
en escuchando su Nombre,
bramando se da a Patillas.

Para estas empresas, tanta
gracia Dios le comunica,
que siendo pura criatura,
Mujer parece Divina.
   Sin la mancha de la culpa
se concibe, de Adán hija,
porque en un lunar no fuese
a su padre parecida.
   Del tributo universal
el Sacro Poder la libra,
previendo que había de ser
nuestra Reina sin caída.
   De Ésta, pues, a quien los fieles
invocan Madre benigna,
es la fiesta, y es el canto
de esta mi Jacarandina.

VILLANCICO VII

1. MARÍA, en su Concepción,
las sombras venciendo obscuras,
se forma de luces puras
bien ordenado Escuadrón.
2. De él huye el negro borrón;
1. y viendo de María
las puras luces bellas,
2. queda la Noche fría,
y la hace ver estrellas.
1. ¡Triunfe el Día!
   2. El Cielo, que venza ordena

a la sombra su arrebol,
1. blanca Aurora, hermoso Sol
y Luna de gracia llena.
2. Déle a la Culpa la pena,
destruyendo el negro horror;
muera la Sombra al valor
que tanta Luz encierra.
¡Al arma, guerra, guerra!
   1. Con luces de gracia y gloria
consigue María victoria,
2. y a su pureza el triunfo se da.
1. ¡Es verdad,
porque vencer a la sombra
y al Dragón, que se asombra,
se debe a su claridad!

Coplas

Luciente divina Aurora
del que es de Justicia Sol,
contra la Noche se ostenta
María en su Concepción.
   Como Luna siempre llena
de puro, indemne candor,
a pesar de las tinieblas
sus luces manifestó,
   pues, como el Sol escogida,
la lobreguez ahuyentó
de la culpa, y por la gracia
claro Día se formó.
   Pertrechada se concibe

del limpio, claro esplendor
de la Luz indefectible,
con que a la sombra venció.

*Villancicos que se cantaron en la S. I. Catedral
de la Puebla de los Ángeles, en los Maitines
solemnes del Nacimiento de Nuestro Señor
Jesucristo, este año de 1689.*

VILLANCICO I

Introducción

POR CELEBRAR del Infante
el temporal Nacimiento,
los cuatro elementos vienen:
Agua, Tierra, y Aire y Fuego.
    Con razón, pues se compone
la humanidad de su Cuerpo
de Agua, Fuego, Tierra y Aire,
limpia, puro, frágil, fresco.
    En el Infante mejoran
sus calidades y centros,
pues les dan mejor esfera
Ojos, Pecho, Carne, Aliento.
    A tanto favor rendidos,
en amorosos obsequios

buscan, sirven, quieren, aman,
prestos, finos, puros, tiernos.

Estribillo

Y todos concordes
se van a mi Dueño,
que Humanado le sirven
los cuatros elementos:
el Agua a sus Ojos,
el Aire a su Aliento,
la Tierra a sus Plantas,
el Fuego a su Pecho;
que de todos, el Niño
hoy hace un compuesto.

Coplas

1.–Pues está tiritando
Amor en el hielo,
y la escarcha y la nieve
me lo tienen preso,
¿quién le acude?
    2.–¡El Agua!
        3.–¡La Tierra!
            4.–¡El Aire!
1.–¡No, sino el Fuego!
    1.–Pues al Niño fatigan
sus penas y males,
y a sus ansias no dudo
que alientos le falten,

¿quién le acude?
   2.–¡El Fuego!
    3.–¡La Tierra!
     4.–¡El Agua!
1.–¡No, sino el Aire!
   1.–Pues el Niño amoroso
tan tierno se abrasa,
que respira en Volcanes
diluvios de llamas,
¿quién le acude?
   2.–¡El Aire!
    3.–¡El Fuego!
     4.–¡La Tierra!
1.–¡No, sino el agua!
   1.–Si por la tierra el Niño
los Cielos hoy deja,
y no halla en qué descanse
su Cabeza en ella,
¿quién le acude?
   2.–¡El Agua!
    3.–¡El Fuego!
     4.–¡El Aire!
1.–¡No, mas la Tierra!

VILLANCICO II

Estribillo

–AL NIÑO Divino que llora en Belén,
¡déjen-lé,

pues llorando mi mal, consigo mi bien!
1.–¡Déjen-lé,
que a lo Criollito yo le cantaré!
2.–¡Le, le,
que le, le le!

Coplas

1.–Sed tiene de penas
Dios, y es bien le den
sus ojos el agua,
el barro mi sér:
¡déjen-lé!
 2.–Dejen que el Sol llore;
pues aunque al nacer
también llora el Alba,
no llora tan bien:
¡déjen-lé!
que es el llanto del mal,
aurora del bien
 1.–¡Déjen-lé,
que a lo Criollito yo le cantaré! &.
 1.–Que mi llanto enjugue
su llanto, y que esté
Dios conmigo Humano,
 yo enjuto con Él:
¡déjen-lé!
 2.–Si es Piedra Imán Cristo,
y es tan al revés,
que al Imán un yerro
le pudo atraer,

¡déjen-lé,
que venir Dios a tierra,
levantarme es!
    1.–¡Déjen-lé! &.
    1.–¡Que esté, cuando el tiempo
es crïado de Él,
a la ley sujeto
de un tiempo sin ley!
¡Déjen-lé!
    2.–¡Que al ver Dios al hombre
tormenta correr,
baje Él, siendo en mares
de llanto, Bajel!
¡Déjen-lé,
que todo es Mar y Cielo
cuanto allí se ve!
    1.–¡Déjen-lé! &.
    1.–¡Que en pajiza cuna,
de su Luz dosel,
el Sol cuando nace
se venga a poner!
¡Déjen-lé!
    2.–Si Dios por no herirme,
siendo recto Juez,
Humano convierte
el rayo en laurel,
¡déjen-lé,
que llorando mi mal,
consigo mi bien!
    1.–¡Déjen-lé,
que a lo Criollito yo le cantaré! &.   **69**

VILLANCICO III

Introducción

EL ALCALDE de Belén
en la Noche Buena, viendo
que se puso el azul raso
como un negro terciopelo,
hasta ver nacer al Sol,
de faroles llena el pueblo,
y anuncia al Alba en su parto
un feliz alumbramiento.

Estribillo

1.–Oigan atentos;
y porque ninguno
se niegue al precepto,
el poner en Belén luminarias
lo lleva el Alcalde a sangre y a fuego.
   2.–Oigan atentos,
y todos con luces
coronen el pueblo.
   3.–Que con los faroles,
las calles son soles.
   1.–Ninguno se esconda,
que empieza la ronda,
y al zagal que su luz no llevare
lo pone a la sombra.

Seguidillas Reales

1.–Sin farol se venía una Dueña,
guardando el semblante,
porque dice que es muy conocida
por las Navidades.

2.–En Belén los faroles no quiso
poner un Tudesco,
que en sus ojos llevaba linternas
con luz de sarmientos.

3.–Por estar sin farol, puso un Pobre
candil mal parado;
porque aunque es cosa fea, en efecto,
tiene garabato.

1.–Encontró con el Buey, y no pudo
llevarle la pena;
porque el Buey nunca sale de casa
sin sus dos linternas.

2.–Con farol encendido iba un Ciego,
diciendo con gracia:
¿Dónde está la Palabra nacida,
que no veo palabra?

3.–Viendo a un Sastre sin luz, el Alcalde
mandó, por justicia,
que cerilla y velilla encendiese,
y su candelilla.

1.–Un Poeta salió sin linterna,
por no tener blanca;
que aunque puede salir a encenderla,
no sale a pagarla.

2.–Del Doctor el farol apagóse,

ál ir visitando;
por más señas, que no es el primero
que ha muerto en sus manos.

 3.–Sin farol un Hipócrita estaba,
y dijóle: Hermano,
mal parece que esté sin faroles
un cuerpo de Santo.

 1.–En Belén sin faroles entraron,
a fin de que todos
tropezando en su dicha, en el Niño
diesen de ojos.

VILLANCICO IV

Introducción

Hoy, QUE el Mayor de los Reyes
llega del Mundo a las puertas,
a todos sus pretendientes
ha resuelto dar Audiencia.
 Atended: porque hoy, a todos,
los memoriales decreta,
y a su Portal privilegios
concede de covachuela.

Estribillo

¡Venid, Mortales, venid a la Audiencia,
que hoy hace mercedes un Rey en la tierra,
y de sus decretos nadie se reserva!

Venid, pues consiste
el que logro tengan
vuestros memoriales,
en que hechos bien vengan.
    Y hoy, que sus mayores
Validos le cercan,
Josef y María,
la gracia está cierta.
    Y pues no hay en el Mundo
quien no pretenda,
¡venid, Mortales, venid a la Audiencia! &.

Coplas

1.–Adán, Señor, que goza,
por labrador, indultos de Nobleza,
hoy se halla preso y pobre,
forjando de su yerro su cadena;
pide una espera,
pues el Mundo obligado
tiene a sus deudas.
    2.–Atended al decreto que lleva:
En el Limbo por cárcel
quédese ahora,
que hoy del Cielo ha llegado
la mejor Flota.
    3.–Moisés, que allá en un Monte
cursó de Leyes la mejor Escuela,
hallándose con Vara,
la Toga pide, que feliz espera:
porque en él vean,

73

que en vuestras Leyes sólo
su ascenso encierra.

   2.–Atended al decreto que lleva:
Por de Alcalde de Corte
su Vara quede,
pues a tantos Gitanos
condenó a muerte.

   4.–Salomón, Señor, pide
del Consejo de Estado plaza entera,
pues sólo para esto
vuestro amor le adornó de tantas Ciencias;
con que hoy desea,
que en razones de Estado
su juicio crezca.

   2.–Atended al decreto que lleva:
Hoy de Estado en la plaza
fuera nombrado,
si a salir acertara
de mal estado.

   5.–Los Padres que en el Limbo
padecen la prisión de las tinieblas,
pues Príncipe ha nacido,
indulto piden que se les conceda,
para que tengan,
pues hoy nace la Gracia,
la gracia cierta.

   2.–Atended al decreto que llevan:
No ha lugar por ahora,
pues este Infante
indulta cuando muere,
no cuando nace.

6.–José, que de María
los honores de Esposo a gozar llega,
pide en vuestro Palacio
oficio competente a su Nobleza,
pues hay en ella
tantos Reyes ilustres
de quien descienda.

2.–Atended el decreto que lleva:
Capitán de la Guarda
queda sin duda,
pues mejor Compañía
no hay que la suya.

VILLANCICO V

Estribillo

1.–Pues mi Dios ha nacido a penar,
déjenle velar.
2.–Pues está desvelado por mí,
déjenle dormir.
1.–Déjenle velar,
que no hay pena, en quien ama,
como no penar.
2.–Déjenle dormir,
que quien duerme, en el sueño
se ensaya a morir.
1.–Silencio, que duerme.
2.–Cuidado, que vela.
1.–¡No le despierten, no!

2.–¡Sí le despierten, sí!
1.–¡Déjenle velar!
2.–¡Déjenle dormir!

Coplas

1.–Pues del Cielo a la Tierra, rendido
Dios viene por mí,
si es la vida jornada, sea el sueño
posada feliz.
¡Déjenle dormir!
    2.–No se duerma, pues nace llorando,
que tierno podrá,
al calor de dos Soles despiertos,
su llanto enjugar.
¡Déjenle velar,
que su pena es mi gloria,
y es mi bien su mal!
    1.–¡Déjenle dormir;
y pues Dios por mí pena,
descanse por mí!
    2.–¡Déjenle velar!
1.–¡Déjenle dormir!
    1.–Si a sus ojos corrió la cortina
el sueño sutil,
y por no ver mis culpas, no quiere
los ojos abrir,
¡déjenle dormir!
    2.–Si es su pena la gloria de todos,
dormir no querrá,
que aun soñado, no quiere el descanso

quien viene a penar:
¡déjenle velar,
que no hay pena, en quien ama,
como no penar!

 1.–¡Déjenle dormir,
que quien duerme, en el sueño
se ensaya a morir!

 2.–¡Déjenle velar!
1.–¡Déjenle dormir!

 1.–Si en el hombre es el sueño tributo
que paga al vivir,
y es Dios Rey, que un tributo en descanso
convierte feliz,
¡déjenle dormir!

 2.–No se duerma en la noche, que al hombre
le viene a salvar:
que a los ojos del Rey, el que es reo
gozó libertad.
¡Déjenle velar,
que su pena es mi gloria,
y es mi bien su mal!

 1.–¡Déjenle dormir,
que pues Dios por mí pena,
descanse por mí!

 2.–¡Déjenle velar!
1.–¡Déjenle dormir!

 1.–Si el que duerme se entrega a la muerte,
y Dios, con ardid,
en dormirse por mí, es tan amante,
que muere por mí,
¡déjenle dormir!

> *2.*–Aunque duerma, no cierre los ojos,
> que es León de Judá,
> y ha de estar con los ojos abiertos
> quien nace a reinar.
> ¡Déjenle velar,
> que no hay pena, en quien ama,
> como no penar!
>   *1.*–¡Déjenle dormir,
> que quien duerme, en el sueño
> se ensaya a morir!
>   *2.*–¡Déjenle velar!
> *1.*–¡Déjenle dormir!

LECTURAS COMPLEMENTARIAS

Juana Inés de la Cruz, *Lírica personal*. Obras completas, t. I. FCE, 1951. / *Villancicos y letras sacras*, t. II, 1952. / *Autos y loas*, t. III. 1955. / *Comedias, sainetes y prosa*, t. IV, 1957.

Octavio Paz, *Sor Juana Inés de la Cruz o las trampas de la fe*, FCE, 1983.

Enrique Diez-Canedo, *Letras de América. Estudios sobre las literaturas continentales*, FCE, 1944.

ÍNDICE

SONETOS

VILLANCICOS
[51]

Este libro se terminó de imprimir y encuadernar en el mes de noviembre de 2000 en Impresora y Encuadernadora Progreso, S. A. de C. V. (IEPSA), Calz. de San Lorenzo, 244; 09830 México, D. F. Se tiraron 2 000 ejemplares.